图书在版编目（CIP）数据

如果世界上只有 100 只动物 /（英）米兰达·史密斯著；（英）亚伦·库什利绘；周游译 . -- 北京：北京联合出版公司，2025. 4. -- ISBN 978-7-5596-8311-3

Ⅰ . I561.85

中国国家版本馆 CIP 数据核字第 202550CZ60 号

如果世界上只有 100 只动物

作　　者：[英] 米兰达·史密斯
绘　　者：[英] 亚伦·库什利
译　　者：周　游
出 品 人：赵红仕
选题策划：北京天略图书有限公司
责任编辑：徐　鹏
特约编辑：杨　晶
责任校对：钱凯悦
美术编辑：刘晓红

北京联合出版公司出版
（北京市西城区德外大街 83 号楼 9 层　100088）
北京联合天畅文化传播公司发行
北京盛通印刷股份有限公司印刷　新华书店经销
字数 8 千字　889 毫米 ×1194 毫米　1/12　2.66 印张
2025 年 4 月第 1 版　2025 年 4 月第 1 次印刷
ISBN 978-7-5596-8311-3
定价：49.00 元

如果世界上只有100只动物

[英]米兰达·史密斯◉著
[英]亚伦·库什利◉绘
周游◉译

北京联合出版公司
Beijing United Publishing Co.,Ltd.

你见过多少动物？

世界上到处都有动物，形状不一，大小各异。动物无处不在——有水里游的、地上跑的、天上飞的，还有更多动物等着我们去不断发现。专家们相信，地球上总共有20,000,000,000,000,000,000只动物，也就是200,000,000,000亿，或者说2000亿亿。

这个数字实在是太大了，大到难以描绘。所以，我们不妨想象世界上只有100只动物，它们又分为脊椎动物和无脊椎动物……

脊椎动物体内有脊椎骨，能够支撑它们的身体。你就是脊椎动物，脊椎动物还包括其他哺乳动物，以及鱼类、两栖动物、爬行动物和鸟类。

94只 无脊椎动物

无脊椎动物没有脊椎骨，它们是冷血动物。有些身体柔软，比如蠕虫或者乌贼。另外一些，比如蜘蛛和螃蟹，有坚硬的外壳，叫作外骨骼，像盔甲一样保护着它们的身体。

有些无脊椎动物非常小，
只有通过显微镜才能看到。

脊椎动物和无脊椎动物有什么不同?

除了脊椎骨，脊椎动物还有骨骼和肌肉，这让它们能够轻松地四处移动。想想看，如果你的腿没有骨头或肌肉，要想跳起来该有多困难啊！

如今世界上有五大类脊椎动物：哺乳动物、鸟类、两栖动物、爬行动物和鱼类。想想看，如果世界上只有100只脊椎动物，这五类中每类有多少只呢？

鸟类和哺乳动物是温血动物，这意味着它们可以调节自己的体温。有的通过出汗或喘气来降温，有的则借助羽毛或皮毛来保暖。

爬行动物、两栖动物和鱼类是冷血动物。因为无法控制自己的身体热量，它们的体温随着周围环境温度的变化而变化。

它们在可以取暖的阳光地带与可以降温的阴凉地带之间移动，以此来调节体温。

只有一种恒温的鱼——月亮鱼。
这种鱼在寒冷的海洋中游动时，
温热的血液能够在体内循环。

你是从蛋里孵出来的吗？

当然不是！

和大多数哺乳动物一样，人类是胎生的。然而，有两类不太一样的哺乳动物：有袋类和单孔类。我们来进一步了解它们的信息吧。假如世界上只有100只哺乳动物宝宝的话，每一类有多少只呢？

胎生哺乳动物，比如你，是在母亲的子宫里长大的，在出生之前通过胎盘吸收营养，出生后就像父母的缩小版，由母亲进行哺乳。

94只

胎生动物

海豚刚出生时有胡须！
上颌的胡须能帮助它们找到母亲的乳头。
当它们不再需要喝乳汁的时候，
胡须就会脱落。

袋熊宝宝

袋熊的粪便是立方体形状的。

5只 有袋类动物

有袋类动物的幼崽出生时并未发育完全。它们会爬到母亲肚子上的一个小口袋里，在那里喝母乳。

1只 单孔类动物

针鼹鼠宝宝

单孔类动物是唯一产卵的哺乳动物，但它们也用乳汁喂养自己的宝宝。只有五种单孔类动物——鸭嘴兽和四种针鼹。它们都生活在澳大利亚和新几内亚岛。

野生的陆生哺乳动物生活在哪里？

它们分布在除南极洲以外的大陆上。有些动物已经适应了在冰天雪地里生存，或在暴风凛冽的高山上攀登。另一些动物则在炎热的沙漠地下或蒸腾的雨林树上安了家。想想看，如果世界上只有100只野生的陆生哺乳动物，它们大多生活在哪里呢？

绝大多数哺乳动物的体表都被毛。毛发由坚韧的角蛋白构成，能锁住温暖的空气。这就形成了一层隔热层，能在寒冷时保持热量，还能保护哺乳动物免受烈日照射。

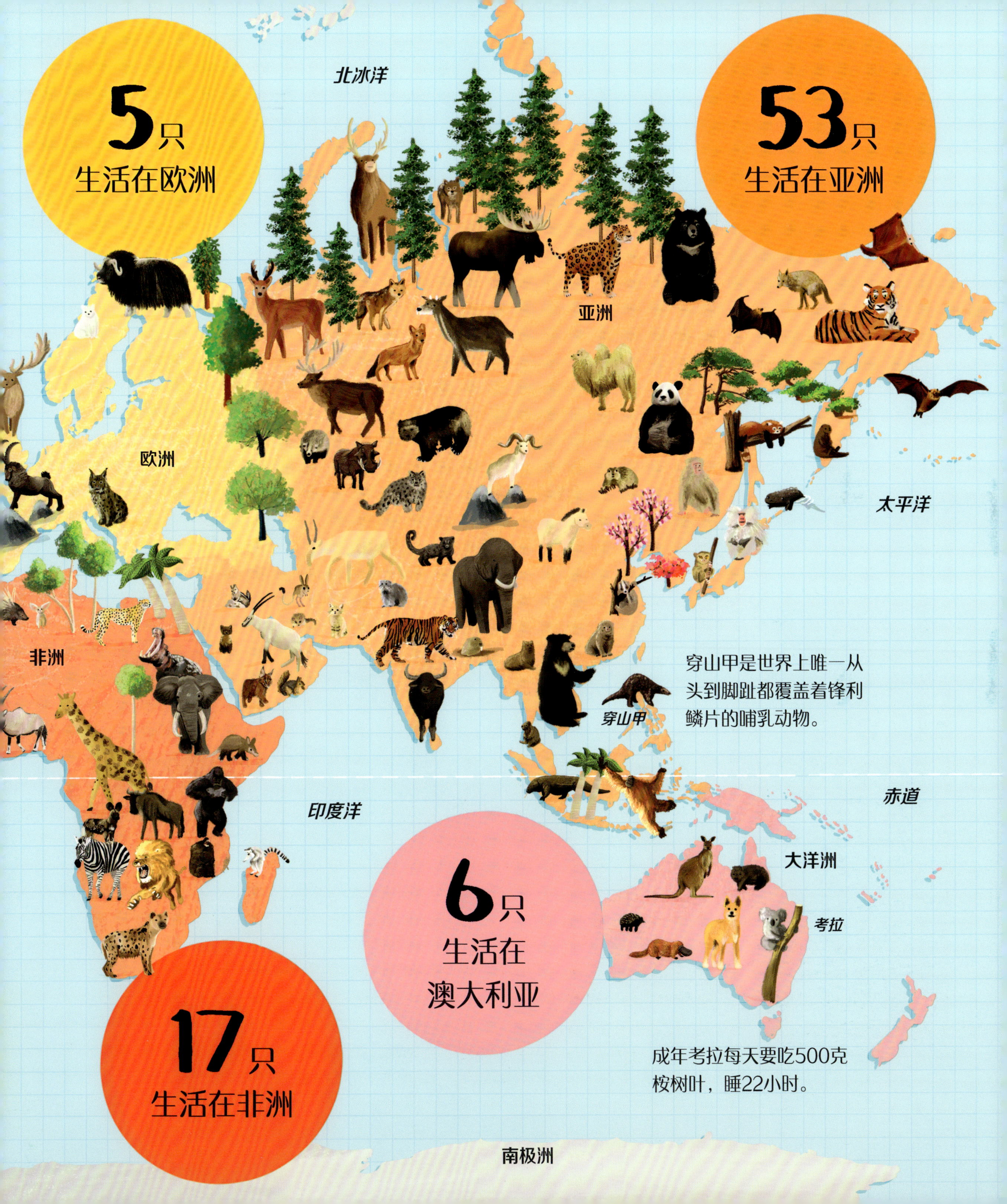
5只
生活在欧洲
北冰洋
53只
生活在亚洲
亚洲
欧洲
太平洋
非洲
穿山甲是世界上唯一从头到脚趾都覆盖着锋利鳞片的哺乳动物。
穿山甲
赤道
印度洋
大洋洲
6只
生活在澳大利亚
考拉
17只
生活在非洲
成年考拉每天要吃500克桉树叶，睡22小时。
南极洲

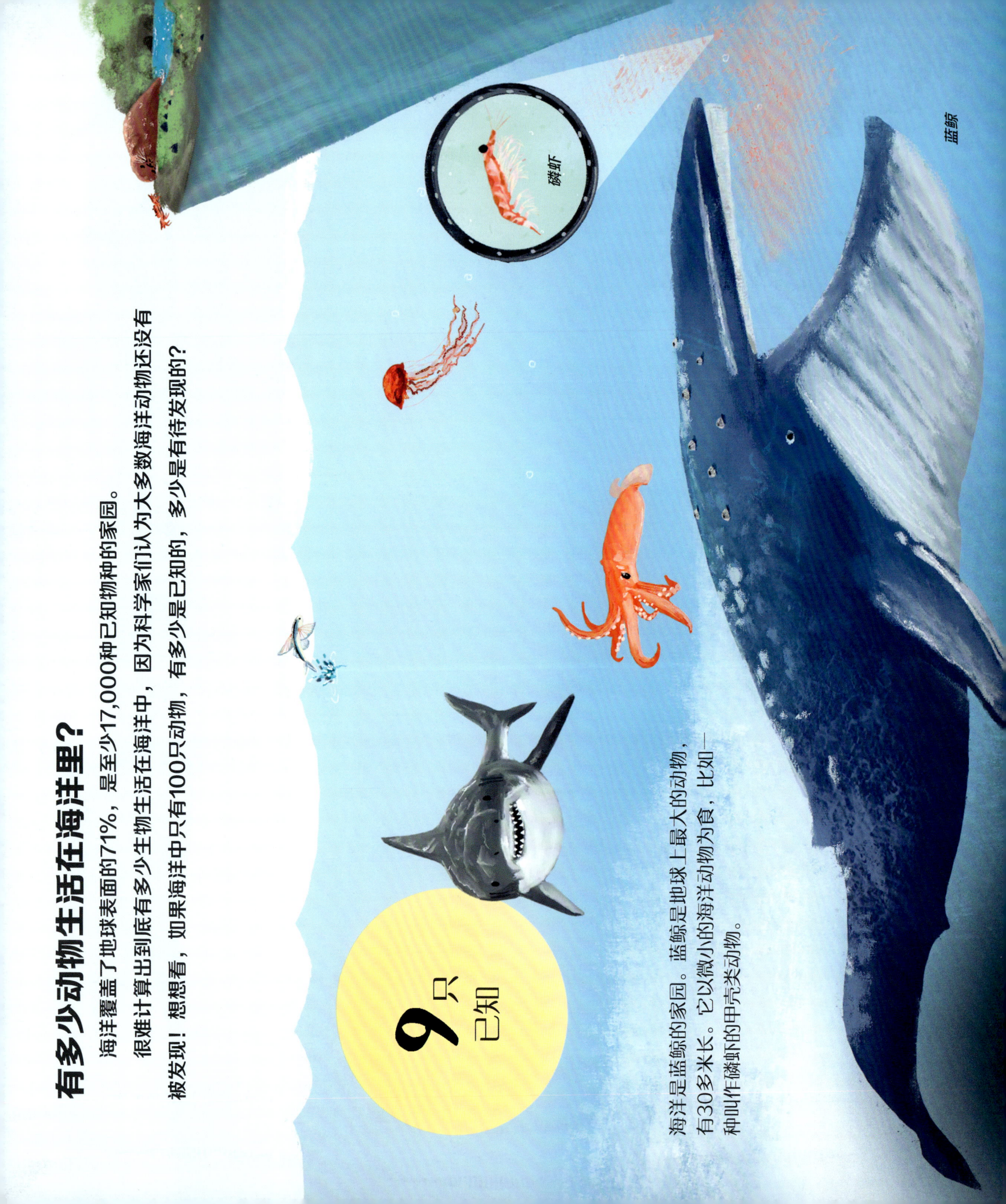

有多少动物生活在海洋里？

海洋覆盖了地球表面的71%，是至少17,000种已知物种的家园。

很难计算出到底有多少生物生活在海洋中，因为科学家们认为大多数海洋动物还没有被发现！想想看，如果海洋中只有100只动物，有多少是已知的，多少是有待发现的？

海洋是蓝鲸的家园。蓝鲸是地球上最大的动物，有30多米长。它以微小的海洋动物为食，比如一种叫作磷虾的甲壳类动物。

在距海面1.5千米深的地方，生活着许多种类的鮟鱇。鮟鱇有一种独特的繁殖方式——雄鱼附着在雌鱼身上，并与雌鱼融为一体。

鮟鱇

令人难以相信，我们的海洋还有95%有待探索，到目前为止，使用现代声呐技术绘制出的海底仅占全球海底面积的10%。

91只
未知

你有没有想过像鸟儿一样飞翔？

除了鸟类，真正会飞的动物只有两类——蝙蝠和某些昆虫。

大多数鸟类拍打翅膀飞翔、翱翔和滑翔，蝙蝠则能通过改变翅膀的形状，在空中转弯。从嗡嗡作响的蜜蜂到行动迅捷的蜻蜓，昆虫的种类有数百万种，它们的飞行方式也各不相同。想想看，如果世界上只有100只会飞的动物，它们会是哪些动物？

2只
蝙蝠
蝙蝠是唯一会飞的哺乳动物。
普通雨燕一生中的大部分时间都在空中，在飞行中进食、交配，甚至睡觉，有些能在空中连续飞行10个月都不落地！
普通雨燕
4只
鸟

乌桕大蚕蛾是世界上最大的飞蛾，
翅展可达30厘米。

哪些哺乳动物仍然生活在野外？

不幸的是，如今很少有哺乳动物是野生的。人类和农场动物的数量远比野生动物多得多。几千年来，人类一直在养殖动物，用于乳制品、肉类、交通运输、皮毛和其他用途。羊是最早的驯养动物，紧接着是猪、马和牛。如果世界上只有100只哺乳动物，有多少只生活在野外呢？

“驼鹿”这个名字来源于印第安人使用的词语，意思是“以树枝为食的”。它们要吃大量植物，在夏季，每天每只多达33千克！

59只
在农场生活

全球每年养殖约700亿只哺乳动物，用于获取肉、奶和皮毛。这些动物差异很大，包括这两页上画的所有动物。

马
用于获取肉、奶或皮毛的
大型养殖动物
肉牛
猪
奶牛
役用动物
用于获取皮毛的
小型养殖动物

你有宠物吗？

人们生活在世界的哪个地方，对于他们是否养宠物、养几只宠物和养什么宠物有着很大的影响。例如，与印度家庭相比，美国家庭养宠物狗的可能性更大。想想看，如果世界上只有100只宠物，它们会是什么类型的动物？

33只
狗

在美国，人们每年在宠物狗身上的花费超过500亿美元。

6只
鸟

猩红金刚鹦鹉

猩红金刚鹦鹉的寿命很长。有一只叫“披风”的宠物鹦鹉活了92岁！

巴西的宠物鸟数量最多。

据报道，一项针对52个国家的研究发现，俄罗斯人比其他国家的人更喜欢自己养的猫。

23只
猫

据记载，世界上最大的金鱼长47.4厘米。

12条
鱼

在中国，蟋蟀是一种很受欢迎的宠物，通常饲养在精致的笼子里。

26只
其他动物

哪些动物对人类来说最致命？

你可能会立刻想到鲨鱼和狮子。事实上，鲨鱼平均每年只咬死8人，狮子平均每年咬死20人。最致命的动物是携带疟疾的蚊子，每年造成75万人死亡，数字惊人。许多动物对人类构成威胁，想想看，如果世界上只有100只致命动物，会是哪些呢？

81只

蚊子

世界上有3000多种蚊子，但雌性按蚊是唯一已知的能够携带和传播疟疾的蚊子，它们通过叮咬和吸血传播疾病。

致命的东非黑曼巴蛇是世界上
速度最快的蛇类之一，
以超过每小时20千米的速度爬行，
比大多数人跑得还要快。

11条
蛇

4只
狗

大部分死于狂犬病，这是一种致命的传染病，
由已被感染的流浪狗抓咬引起。
宠物狗袭击人类的情况非常少见。

淡水蜗牛携带寄生虫，
能使人感染血吸虫病，
造成的死亡人数比被鲨鱼、
狮子和狼咬死的人数总和还要多。

2只
淡水蜗牛

1条
湾鳄

澳大利亚湾鳄是世界上现存最大的
爬行动物，体长可达7米。

1只
河马

河马是非洲
最危险的动物之一。
它会攻击领地内的所有闯入者。

有多少动物已经灭绝了？

已经灭绝的动物物种比现存物种多得多。化石和骨骼有助于科学家了解这些奇异的动物长什么样子，从最早的生命形式，到恐龙时代，再到冰河时期的巨型动物，如猛犸象。想想看，如果从古至今只有100只动物，那么有多少灭绝了，有多少还活着？

10只
还活着

长毛猛犸象的象牙横截面上
有一些圆环，
就像树干上的年轮一样，
据此，科学家可以得知它的年龄。
长毛猛犸象头骨
三角龙头骨
三角龙的个头有非洲象那么大，
是陆地动物中头部最大的动物之一。

最早的史前动物仅留下一些遗迹，包括脚印、岩石中的身体印痕和骨骼化石，以及牙齿、皮肤、巢穴、粪便和痕迹化石等。但这足以帮助科学家们描绘出它们的长相。

哪些动物濒临灭绝？

科学家们说，每天都有几十种动物物种永远消失。亚马孙雨林拥有的动物数量和种类最多，但许多区域因伐木和耕作而遭到破坏。如果一小片雨林里只有100只动物，除了数不清的昆虫之外，雨林被砍伐后，还有哪些物种将会消失？

对于紫蓝金刚鹦鹉来说，
威胁它们生存的不仅仅是栖息地的减少，
还有鸟蛋走私。
偷蛋者从野外鸟巢中取出鸟蛋，走私到其他国家，
通常他们会把鸟蛋放在身上以保持温暖。
到达目的地后，这些蛋会被人工孵化。

亚马孙河豚，也叫粉红瓶鼻海豚。
由于伐木船污染了亚马孙河的水域，
它们面临着灭绝的危险。

有哪些重大问题需要我们反思？

人们担心，到2050年，生活在地球上的100多万个物种将会灭绝，包括北极熊、犀牛和大猩猩。气候变化、污染、森林砍伐和过度捕捞，仅人类的这些行为，就足以将我们的动物世界置于险境。

到2050年，全球人口将比2022年的80亿至少增长五分之一。为了提供住房和食物，人们开垦大量土地，建造房屋和农场。我们能做些什么来阻止动物的栖息地和生态系统遭受破坏呢？

如今，多达25,000只老虎被当作宠物或放在动物园里饲养，只有3890只老虎生活在亚洲的野外。到2050年，预计将会有超过24,000千米的新公路穿过它们的栖息地。我们怎样才能说服当地政府改变计划呢？

到2050年，海洋里的塑料会比鱼多。塑料一旦被制造出来，就会永久存在，只是分解成更小的颗粒，叫作“微塑料”。这对海洋中的所有生物都很危险，每年造成超过100万只海鸟和10万只海洋哺乳动物死亡。我们能做些什么来减少塑料的使用，回收现有的塑料呢？

到2050年，一半的蝙蝠物种可能灭绝。包括香蕉、番石榴和杧果在内的500多种植物依靠蝙蝠授粉、传播种子和制衡昆虫。如果雨林中没有蝙蝠，可能就没有可可树，我们也就没有巧克力了！我们如何让人们思考动物和人类餐食之间的联系呢？

当我们想象世界上只有100只动物时，很明显，每个人都必须采取行动来保护它们的生存。我们可以采取很多种方式。我们可以尽量不使用塑料，并对使用过的塑料进行回收。我们可以自愿去清理海滩、公园和乡村小路上的垃圾。我们可以帮助保护组织拯救动物和它们的栖息地。我们还可以写信给当地政府。只要我们一起努力，就能做出真正的改变，尽早拯救这些动物。

如果我们能阻止更多像渡渡鸟一样的动物灭绝，那不是很好吗？